软雾中的奔虎

杨新宇 著

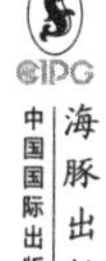

中国国际出版集团
海豚出版社

图书在版编目（CIP）数据

软雾中的奔虎 / 杨新宇著 .-- 北京：海豚出版社，2019.10

ISBN 978-7-5110-4365-8

Ⅰ. ①软… Ⅱ. ①杨… Ⅲ. ①诗集－中国－当代 Ⅳ. ① I227

中国版本图书馆 CIP 数据核字（2019）第 000131 号

软雾中的奔虎

RUANWU ZHONG DE BENHU

杨新宇 著

出 版 人：王 磊
责任编辑：梅秋慧 张 镛 杨文建
装帧设计：吴光前
排版设计：九章文化
责任印制：于浩杰 蔡 丽

出 版：海豚出版社
地 址：北京市西城区百万庄大街 24 号 邮 编：100037
电 话：010-68325006（销售） 010-68996147（总编室）
印 刷：北京中科印刷有限公司
经 销：新华书店及网络书店
开 本：787mm×1092mm 1/32
印 张：5.75
字 数：92 千
版 次：2019 年 10 月第 1 版 2019 年 10 月第 1 次印刷
标准书号：ISBN 978-7-5110-4365-8
定 价：36.80 元

虽然没少被她打

本书仍然献给高太梅

在诗中漫步，跑也行（代序）

有天我女儿说要写诗，于是就写了。

我没有这样的幸运，不曾有过这样的童趣和灵感。虽然我是爱好文学的，甚至只爱其中的诗歌。

我这个年龄的人，如果出生在普通人家，童年是没有多少书可读的。偶然一个机会，却很不幸地借了托尔斯泰的《复活》，这是我人生中第一部长篇小说，坚持读完之后终于对小说深恶痛绝，从此视为畏途。话剧更无从接触，散文这么普通的文体又一向很少被当作文学看待，剩下的就唯有诗歌了。

但在欠缺新诗教育的国度，新诗是遥远而神秘的，我莫名其妙地读着能读到的诗歌，至今仍对家里两本函授教材，现代和当代文学作品选里面的诗歌，留有深刻的印象。从郭沫若、戴望舒、卞之琳直到李瑛、郭小川、贺敬之，后来也曾被杨炼的《诺日朗》惊呆过。谈不上多么热爱，但确实被这文字的珍珠吸引，并且好奇这珍珠是如何被串起。

知道自己也能写出“诗”来，是到了十七八岁“成熟的年代”，看起来真像是不学而能的，忽然给一个人写起诗来，要命的是，和她坚持了二十多年乏味的婚姻之后，我还在给她写诗。所以，那些幼稚到不行的少作，书里还是收了一些，作为一个遗迹。虽然诗就是诗，不应该是任何工具。

Christopher Morley 写过一首《牡蛎》:

珍珠
是牡蛎的病
一首诗
是精神的病
起于真理的沙粒
坠入灰软的蚌壳
我们叫做心
因刺激而成

虽然我并不认为自己有病，但写诗还是怪不好意思的事，所以都是写给自己，秘不示人的，从来无人交流；不知是幸运还是不幸，大学上的又不是中文系，也无人指点，迄今也没学会任何诗歌技术，全凭不断地摸索着阅读丰富自己，写作依赖一点灵感的刺激。偶尔太寂寞了，也曾去投过稿，发现发表太难了，便连投稿也少了，只在《青春诗歌》《诗林》《太湖》《芙蓉》上发表过寥寥几首，竟然也有一些读者，有的诗还被读者改编过，传到网上。《小城之春》《夜游》《秋》三首曾得郜元宝老师推荐发表在《上海文学》上，我甚为感激和荣幸，但是编辑加了一个让我摸不着头脑的总标题，虽然他们给了不少稿费，我还是一直耿耿于怀的。还有首《蚕马》曾被编入《当代大学文学社团作品选》，但我从来没参加过文学社团，我现在从事现代文学史料研究，对这事是不能忍的，以后若有学者研究当代校园文学，使用这书千万要谨慎。

出本诗集何尝不是危险的事，虽然我为诗歌所吸引，但只有好的诗才吸引人，世间所多的是被人鄙夷的坏诗。难保我的不被人嘲笑，但想想许多名家诗集也就拈得出四五首佳作，我也就释然了，灾梨祸枣也就这一回了。因为我被灵感刺激的次数实在太少，几十年中所写寥寥无几，此生很难再编第二本了。也正因此，再删去很不成样子的，诚如辛笛在《手掌集》后记中所引用的奥登文章所说，如果全是“自己真诚激赏的诗歌”，“结集成书，那么他的集子可就薄得太令人气短了”，不得已，只好用些“滥竽”来充充数，又拖上女儿写的童诗，再加上几首译诗，才勉强凑成个小册子。虽然还是奢望能有几许诗行，得到读者共鸣。

我还是承认热爱吧，从童年直到生死中年，始终念念不忘，诗歌于我，是无法后退的领地，只有在诗歌中，我看到猛虎在奔跑，甚至像有病一样想象自己可以是猛虎在奔跑，如果你觉得太过矫揉做作，可以不跑，请试着和我一起漫步，如果这也不行，那么我们一定来自不同的星球。

目 录

第一辑　花花草草都进入了梦幻（儿童诗辑）

第二辑　一只猛虎要上升为星辰

第三辑　风把春天吹来吹去

第四辑　疯了的云朵

第五辑　最悲伤的星座（爱情遗书）

第六辑　去年人在马伦巴

第七辑　满布星光的夜之面孔（译诗辑）

第一辑

花花草草都进入了梦幻

（儿童诗辑）

无题

——给女儿孟悠

你初生之眸，滚滚如醉眼葡萄
炫耀夏日之秘密

夏日是赤裸的
本无所谓秘密

强光或浓荫都很可爱

是天上的菩萨
压榨了最后的甘甜

还无意间跳脱了
一个最天使的句子

2007 年 4 月 11 日夜梦中作

秋

秋姑娘悄悄地
来到了我们的身边。

在空中飞舞的黄叶
是她那一丝一丝的头发；
美丽的菊花像她的笑容；
时而强烈、时而微弱的风
是她的呼吸……

春天开满花的树，
转眼已变得果实累累了。
果实们想要参加跳伞比赛，
可裁判像是睡着了，
怎么也不发命令。

石榴阿姨在做生小孩的手术，

风医生切开了她的肚子，
可她的孩子就是不出来，
疼得石榴阿姨哇哇直叫。

原来还是青色的苹果，
现在却刷地一下变红了，
就像圆圆的太阳……

秋天是一个丰收的季节，
也是一个美丽的季节。

杨孟悠作

花花草草都进入了梦幻

花花草草都进入了梦幻，
它们梦见自己变成了风中的马，
在追逐嬉戏；
它们梦见自己变成了小鸟，
在空中飞翔；
它们梦见自己变成了春夏秋冬，
在大地上不停地轮换；
它们梦见自己变成了孩子，
……
它们醒了，发现自己没变，
心却变了。

2014 年 11 月 19 日，杨孟悠作

梦

梦是一个不会低头的家伙
就像童话里固执的主人
绝不肯承认自己的错误

昨天你做了个噩梦
梦见被可怕的怪物追捕
今天你又做了个美梦
美到把自己笑醒

这就是梦的道歉

2015 年 7 月 30 日，杨孟悠作

一年中的太阳

晴天，是一年中的太阳。

一年中有几个太阳?

答案是一。

那晴天呢?

答案却是数不清。

因为晴天过去后，

可能是阴天或雨天，

而下一个来的晴天，

就是另一个了。

但太阳晚上只是睡觉了，

第二天还要起床。

阴天雨天，太阳只是怕它们，

藏起来罢了。

2015 年 8 月 12 日，杨孟悠作

鱼饵

我厌烦爸爸给我读的诗
我把它们做成一条条鱼饵
扔进了头脑中的海洋
总有一天鱼饵会被脑细胞鱼吃进肚子
但我不会把它钓上来
因为它帮我解决了一首诗

而我会在岁月中悠悠等待
某天鱼儿吐出的诗

2015 年 9 月 10 日，杨孟悠作

钥匙扣

把月亮挂在腰上，
让星星追随着它。

叮叮，这是星星在欢呼。

把星星放进岩洞，
开启一个时空之门。

2015 年 10 月 11 日，杨孟悠作

包肚因先生

——仿何其芳《于犹烈先生》

包肚因先生是古怪的。
一下午我看见他独自在厨房里
脱了帽对一堆面团致敬。
阳光正照着那黄色，紫色，红色的果酱。
“食物，”他说，“有着美丽的生活。
这发酵的面团用香气和颜色
诱惑人们去吃掉它，
而不久又经肠胃的蠕动
转化为粪便。
食物的轮回自然而且愉快，
没有痛苦，也没有死亡。”
他慢慢地走到一盆海虾前，
用手指尖触它们的剪状大螯。
那些青色的眼睛挨次睁开，
全身像激动的火箭上升到战斗状态。
包肚因先生是古怪的。

杨孟悠作

节奏

蜗牛宝宝慢腾腾地跟在妈妈后面走

妈妈不断催促：

快点快点，老是磨磨蹭蹭的。

蜗牛宝宝回答道：

小孩子有小孩子的节奏，

不要催。

一年后，

她们在一棵树下相遇了。

妈妈说：我已经环球环了一圈。

蜗牛宝宝说：我已经环了两圈，

我不是说过，小孩子有小孩子的节奏，

在这一年里，我已经慢慢长大。

2016 年 1 月 1 日修改，杨孟悠作

收拾

爸爸把东西塞进柜子，

我再拿出来。

爸爸又塞，

我又拿。

……

最后，

爸爸趁我在写这首诗的时候，

又把东西塞了回去。

2016 年 1 月 1 日，杨孟悠作

种子

每个人的心里都有一颗种子

每开心一次

种子就结朵白色花

每善良一次

种子就结朵金色花

每伤心一次

种子就结朵灰色花

每邪恶一次

种子就结朵黑色花

2016 年 3 月 7 日，杨孟悠作

闹钟

闹钟也是需要休息的
只不过它的生活过于拘谨
每天都在同一时刻起床

它醒来时
一定是看到主人丑陋的睡相
才吓得惊叫了起来

2016 年 4 月 28 日，杨孟悠作

鱼

在沙滩上，

我看到一条鱼。

它静静地躺着，

已经没有了生命。

它是否看见过鲨鱼的小秘密，

和小海星穿着泳衣的沐浴？

它是否听到过美人鱼那美妙的歌声，

和小海马可爱的嘶鸣？

多么可惜，

它经历过那么多，

但还是死了，

很普通地死了。

2017 年 3 月 28 日，杨孟悠作

晴天

女儿限我一个星期之内
写出一首关于晴天的诗

好吧，晴天
别去问她为何有这个要求

你只管击退雾霾
但愿你是我一个星期的拥有

我们的晴天放逐了隐喻
不必把它翻译成美丽的心情

女儿，还有晴天
好吧，再加上你的妈妈

多么微小的幸福

多么迷人的幸福

2013 年 10 月 23 日，

写好之后，女儿说她要的是旧体诗

陪女儿观剧

我的思想是一个女性
在二月的夜晚出走

去看花如何开
雪如何下成一幅画

2015 年 4 月 11 日

等雨来

雨说好了要来
却迟迟不来
只能等
我坐在晴天里
听太阳
与云的对话

2015 年 8 月 12 日

绝句

天晴了，

很好的太阳。

昨天淋湿的宋词，

该拿出来晒一晒了。

2015 年 10 月 1 日

第二辑

一只猛虎要上升为星辰

天鹅的或一种飞翔，或预言

感谢自己是一只天鹅
甘心落入幻想的冰湖
头颅高昂，鳞伤遍体
感谢那些雪中送炭的恩情，分享

但这时你不是我，只有你
才可以在没有天空的空间，独自高贵
纵使尘埃已将你的白羽染黑

所以啊，你苍茫地大笑
说冰雪表里是多么不容易做到

好在你已原谅我对你所有不祥的猜测
你说结束相互迫害的历史吧
你说每天有多少人轻易地放弃幸福
难道我们还要覆辙重蹈

你的传说令我想念那些曾经沧海的人，天鹅
我仿佛听到了我的名字
为此我必须纯洁
要在她们诞生之日的领空
为你庆祝从没有过的生辰

一次生辰记载一次背叛
长空已破，年岁已老
我已熟谙你不怕流浪的品格
因为你从不歌唱

终究有无声的魂灵环绕周遭
任何给你安慰的都会成为你的亲人

忍不住要伸出这片引渡的桥梁

告诉你海水永不冻结，翅膀有光

野风凛冽，道路更加荒唐
期待中有静谧的身姿：

野天鹅飞过没有钱的冬天

1998 年 2 月 28 日

蚕马

总之应该是有蚕的季节
她自典章的叙事中缓步走出，毫无预谋
也无法预卜风雨的走向

纸牌静卧于千年后的桌面，无话可说
再有魔力的手指也翻不出她的命运

唯有水和叹息挤入风尘
我想每一个深夜洗衣的人必有缘由
想必她也无心做此人世之象征，无力行跛足之旅

会有一匹马，没有雪白的面具，在叹息中嘶吼
“天使就是蚕和马”，是缠绵的奔驰

只是有什么契约不能解除呢？
仿佛不曾有时间经过的底片

驮来亲人的就是亲人吗

若是幸福也有人的形体
坐在铁轨旁轻轻弹落这过隙之马

谁能想到你辛苦寻来的车票竟是幽冥之所
再叫，就扒你的皮
阳光载走了哀鸣，暗示灵魂应该遭到马踏雷殛

“姑娘啊，我为你走遍了天边！”
我相信我已摸到了受伤的马骨
却摸不清你的来龙去脉

一张清白的纸断裂开来
跑过刀刃的青光、脆响和马蹄
让你剔皮见骨，见我永生的内脏

许多说不出口的生活向意志的缝隙中逃避
她必定憎恨那个相依为命的人
他阻止了她向更深的幸福接触

直到有一天你听了我的歌而泪水涟涟
马皮裹住你将要拆乱的经纬
马蹄草放出青色的光
在水和叹息的干涉下为你抽丝剥茧

1998 年 4 月 19 日

度过鹰的日子

觉是没得睡了

翅膀还完整，好好地飞翔

苍白的天空很高

我在此

煞有介事地

叫给你们听

大地上的小东西

你们什么也

听

不

见

翅膀颤动，我向空气表白

我的忠贞悬挂在空中

辉映着昨天的鹰的影子和风

1998 年

1997 年 7 月 16 日

有一只麻雀像燕子一样飞翔

远方有只白孔雀

幻觉常常是靠不住的

比如说
远方有只白孔雀
在我的梦里出现

难道它代表美丽的女子
还是暴露了我对鸟类的恐惧
因为此刻它们正被可怕的流感袭击

虽然很美好
但是多么地莫名其妙

2005 年 12 月 3 日

水瓶座：放出瓶中魔鬼

——献给杜德伟

放出瓶中魔鬼，欢天喜地的魔鬼
今晚要在云中睡觉
摇摆的腰刀，拍打风的屁股

不要急着和我说话，这难得的节奏
一去不返

起一个怪名字，躲过云中女神的陷阱
偷了她的自行车
在大地上奔走，啊

在大地上奔走且唱歌
我唱的歌有青色的影子
我唱的歌有红色的头发
我唱的歌击碎了时间的玻璃

流泪的时间有我的许多秘密

让我放出瓶中魔鬼吧，有心肝的魔鬼

瓶子要用来装水的呀

秋风的盗窃罪，沉冤难雪

肿痛的风，和我坏坏的笑

在天上洗把脸，和天使一起飞翔

2006 年

不知所云的蚂蚁童话

他蜕去了翅膀　变成了在地上爬的蚂蚁

他不知道自己是一只蚂蚁

他爬进了信封　树木变成了纸

他解开了森林的纽扣

月晕下的渡口　天地间的有无

他把这一切画成了图　他不知道有一只手伸向他

他好像从来就没有翅膀

他从树顶上掉下去　身体非常轻

遂开始另一段奇妙的旅行

软雾中的奔虎

一只猛虎要上升为星辰，需要越过黎明中的荆棘
需要不停地奔跑、咆哮

用身体撕裂空气，使晨星溃退
猛虎的肃秋的风从虚空中刮起

浑身火光照耀，斑斓的虎皮将在软雾中静静腐烂
可以赤身露体，流淌无名无姓痛苦的血液

虎皮下发育的血肉，呼唤星星的冷静
万物的泪水都已毫无用处，只有火焰贴身燃烧

点燃软雾，煮沸鲜血，带着太阳的肝胆
给苍白的天空留下脚印，用闪电的肢体签名

飞翔的墓床投下永不停息的梦境
它可以在任何地点咆哮、停留

没有狂潮涌动的海，大地的胃缓缓收缩
难以察觉，残忍的远方铺排着疼痛

命运的软纽扣谁可解开
红树叶簌簌散落

它在软雾中的形象无法静止
即便萎落尘埃，也馈赠给大地黎明

它可以死了，什么话也不需多说
它的姿态是对自己最好的悼念

留下一身沉默的风骨
荆棘或星星

2010 年 3 月 24 日

夜晚之鸽

我们人免不了要走夜路
我们在白天生活
我们也在夜晚生活
但为何鸽子也在夜里飞

地面的灯头顶的月，是黑暗的修辞

鸽子有无梦想不重要
鸽子的天空没有红绿灯阻隔
鸽子在不在夜里飞也不重要
鸽子拥有飞翔的力量

他的身体呼应灵魂，奋力展翅

上帝待在你的肩头
飞得太空阔，会否将灵魂丢了

夜晚之鸽，飞在天空是神

撞进心里是灵魂

2015 年 5 月 26 日

尺蠖

青虫度过一夜大雨。众多的青虫。
隐藏于安稳的枝叶间的他们。
他们的绿色的身体
被雨水击落。

击落……

黎明。仍在飘的雨丝。
呈现于人们眼中的风景是
靠
一
根
根
丝
悬
挂

于

空

中

的

青虫。众多的青虫。

没有人喜欢青虫。

人们也看不见他夜晚的坠落

而更多的他们已复归尘土。

生命没有更多的欲求

只是微弱的挣……扎……

不经意晃绿了整个夏天。

2015 年 6 月 18 日

再战蝙蝠侠

这里没有阴森的洞宇，出发之前
他把自己倒挂在树枝上
像一个大神被凌迟后风干的皮
每当夕阳闪出回返的光芒
他就开始占据这病态的黄昏
鼓着非禽非兽的诡异翅膀
以异端的姿态刺痛哺乳类的生灵

落叶、落日，所有下落的意象
看啊，看他黑色的飞翔
收藏背影的黑天使
仿佛寄往黑夜的信件

祈福的人们渐渐退却
病态的黄昏残忍地温柔着
你独自陪伴夕阳走进废墟

人间那两歧的路口

通往追悼还是罪眚

谁去管天是否会绝人之路

谁又以魔术之手揭走命运的上联

星空之花绽开了，做自己的侠客

生命中还有一场战斗，或在今夜

月光生下液体的蝙蝠

跳动于黑夜鲜活的内脏

2016 年 1 月 24 日凌晨

空降外星人

我的时间在梦的堡垒中尖叫。

为了探索人心的奥秘，
我告别了平流层的菩萨，
降落人间。

探索谁心的奥秘呢？你的吗？
可是你说人心不分你我，
心只属于宇宙。

那么心分性别吗？
一颗心能够充实宇宙吗？
你想了想说分星球吧。

2016 年 2 月 19 日，3 月 8 日

第三辑

风把春天吹来吹去

金铃子《海棠》读后

那天，我的心脏莫名其妙地
向八个方向分裂：

第一个部分呈现蓝色的蓝，
任由海鸥自由之飞翔；

第二个部分堆放杂物；

第三个部分容纳虚幻之景，
树当春之绿树；

第四个部分兴高采烈地继续分裂；

第五个部分善良得可以依靠；

第六个部分放肆地跟春天要幸福；

第七个部分开启一段没有目的的旅程，

不知所终；

第八个部分独对海棠，将分裂弥合。

2015 年

烈火青春

——献给谭家明

生命若划分黄金之比例

青春岂可静默

那生来带翅膀的

愿未来葬于风中

风成此诗，此时风是

我的，青春是我的

生命潮起潮退

青春旋开旋落

用游牧者之心

移动时间

灵魂的动静催动

去往远方的船

在最高的浪上漂流过
青春留下一半

2013 年 1 月 29 日

都市风光

——献给袁牧之

当某天，你的灵魂重归上海

会否遇见从前的自己

在旧上海的光影里淹留

那时你亦如一游魂

在被称作魔都的此城

作波希米亚的流浪

用你唯美的眼看尽人生

“有许多话是非华尔姿说不出的”

疯狂的狐步亦不可或缺

从影院到咖啡座

那些流连之所

以爱神之箭联结

上海何曾旧过，你说
光影定格，以无比美丽的语言
为历史留下传奇

但青春与梦并非这个世界的全部信息
你的眼掠过无穷尽高远的天空
却在下只角降落

天堂向地狱飘移
它运载的夜色有死亡之气息
你的心骄傲而美丽

憎恶黑暗与虚无
此时微语，向左边跳动
向远方跳动

太息留于上海吧

去走颠沛的路途，唯有

爱与热情仍在生命深处

2012 年 10 月 13 日

马路天使

——献给赵慧深

何时破晓，推开永恒的夜

热闹的是你们的风景

我纵有一扇窗，也只是开向寂寞

我只能徘徊在你们的梦境之外

我竟然欢喜

我们在同一条街道走过

我们在同一个时刻走过

阴影中看到你的光

我无言，我斑驳的身影竟独自曼妙

天堂已沉沦于夜，到哪里寻找天使

有你的人间才变得珍贵

若有幸福的意象流过

整个四季弥漫你的气息

在未来的街头等你

2009 年 4 月 19 日

奇异旅程

今生以前我是谁

今生以后谁是我

是谁安排下

这一段下雪的旅程

和你　我是春天最好的蝴蝶

2008 年 1 月 26 日，南京，雪阻归途

小城之春

野航恰受两三人

——杜甫

肺病的春天少有欢娱
爱情似有若无，欲望欲走还留

生命在小城中轻声细语
温和的欲望随波流淌

风把春天吹来吹去
只有年轻的妹妹在轻舟上

真心无从吐露，泪水抛洒不出
移步于城头　杂草丛生

多想和你挽手走一走

我们之间隔着几步的黄昏

移步于自己的内心
每个人的心里都有沙漠

撕开灵魂的拉锁
平静的肉体躺在下面

风中的温暖吹不动内心的风景
春天的跋涉只在无由抵达的梦里

许多年后谁来帮我回忆这小城的春天
所有的爱情都变成黑白影片

该有多好

2006 年 9 月 25 日

青蛇

永堕红尘的姐姐，
有一个鄙俗的人间名姓，

而小青是一条有毒的蛇，
添足于她所不甚了了的人海，

她是白蛇年轻的影子。

同样年轻的是他。以法为海，
那经天纬地的究竟是什么？

熙来攘往的人世，
漂浮在无情之海上。

多么寂寞的人形，如果
众生只是革囊众秽的躯壳，

任人性的风雨飘洒好了，
普度世间的微尘与蝼蚁，

做一条无忧无虑的蛇，永葆
青葱的生命与蛇的缠绵。

1998 年初稿，2018 年 11 月 1 日重写

蒹葭

一

我觉得　念念河正缓缓流过我的骨髓

一条老鲤鱼成了精　蛰伏在念念河的波里
一如我等在水边　一等多年

我已习惯于每天以心作饵　然后等
然后看着自己攥紧的拳头
像看着自己幼小的心脏
也想象着把你握在掌心

但事实上心脏已沉入水底
水底比我的想象要黑暗得多
到处是我不认识的生灵
叫我的心怎么能够不变

每天都会被咬得破碎支离

而不变的是等待

是念念河千年的水波

于是我想递个消息，也问个清楚

邮票已经买好

却忘了你在水之哪一方，而水陆根本无法相连

我宁愿再剁去我两个指头

记念我这跛了一足的爱情

我疼

二

不死不活的记忆恰如那尾不安分的鲤鱼

吞下断指和我仅有的伤心

总在我猝不及防的时候跃过记忆的龙门
逼我溺死在念念河的漩涡里

这残忍的鱼儿，就算我做了鬼
也要诅咒你从头烂到尾
但老鱼吐出了我的指头
它才不要我的记念

两个指头开口说话：
“求你
对根本不爱你的人
别再苦苦眷念了吧！

她再好也没有用。”

三

我想我的心疼了

但我不再等秋水伊人

我会在一个白露未晞的早晨　结束这个童话

摘一把蒲草留做枕芯

用剩下的拇指、食指和小指

摇一只小木船欸乃着离去　是永远

从此　念念河忘却泛滥，更加安宁

在静夜　再不会有你听我灵魂的歌吟

1997 年 8 月 3 日

巫山神女

一

女神，你不该将你唯一的铜镜跌落
你不该苦苦等你的爱人
你明知道他不来，他不会来

是我听见了你的哭泣，看见
你的泪水漫到心里，和着血液
汇成心底的沧海
向着理想和现实分流

你的长发当然要飘起来，飘起来
飘作满天星辰，在我仰望的时候结满冰
结满天空，有时星星也亮起来
如你灿烂的初潮，如血

然后你的眼睛在我的眼眶里波澜成海
泪花儿散作秋露冬霜
在每个清晨升起，在海的中央

但你的小乳屋却装不下我玲珑的梦想
从你的乳到你的乳
我走完从天堂到地狱的路

你献出左乳作了上弦，右乳作了下弦
当她们在某个夜晚相遇
像你的破镜般重圆
你的美就惊心动魄了

等我擦亮了明月，地脉已注满了你的血液
等着奔腾
等着冲出夜，等着冲决幽窈的峡谷，你的钟灵所毓

等着冲灌两岸长满的

只有下雪才开花的树

还有心，半颗搁在巫山之阳

半颗搁在了银河之畔

这样，你的忧怨在天地间累积成形

你叹一口气，就暖了昭君的塞北

眨一下眼，就亮了苏小小的江南

终于，只要心不死，你的天地也就不死了

二

你还在等吗？你看今晚的月亮好圆

也比铜镜亮得多了

照得出今生前缘

却把来世丢在了她的背面

我还不如你的铜镜

更没有月亮的闪光

我只能步你的后尘

在你永恒之后

将你走过的道路重走一遍

我会像你一样生一万次，死一万次

煎熬一万次，等一万次

最后再爱一次！哪怕用完你赐予我的这一万个生命

只要能让我看着花丛中飞过梁祝

看着牛女在七夕蹚过冰河！

三

你还在等吗？我也在等着

百世修得同船渡

千世修得共枕眠

我怕我终于等不及，所以我孤注一掷

希望能用生命截取或交换一段时空

好歹让你我能够相遇一回

哪怕只能是擦肩而过

哪怕擦出的火花只能在疾风飘雨中洒落

然后，我心甘情愿

然后，我死去

就那么随随便便，找一个清丽的早晨

带着憧憬、诅咒和爱情

就像一片叶飘离一片天

而我的一辈子化作一把青草

留下我们的孩子在夜露中初胎

在钟爱一生的童话里
与你留下的一切
与我留下的那把青草
相依为命!

1995 年

小王子

我渴望孩子般的微笑
需要孩子般的心
在午夜仰望
玫瑰驯养着王子

我终于乘着圣埃克苏佩里的双翼
远离人世
王子在宇宙中笑着
天空显出凄壮的美景

今夜我的心沉入宇宙
于是午夜出现日落
玫瑰在空中绽放
与忧郁的王子成婚

星星不再沉默

露出笑靥

而可诅咒的人世依旧混浊

1993 年 11 月 8 日

第四辑

疯了的云朵

春

春天离此地还有五十里
快到了，再加一寸相思

阳光在枝头放火
而风微笑，不说话

2018 年 3 月 14 日

每一朵花都从失忆症中惊醒

当一滴雨落在春天
又化为汁液冲上高枝

每一朵花都开始放肆

宛若新生、如同初见，但
能写多久，这青春谎言的文字

2018 年 3 月 14 日

四季

春天　世界有这么多的花

夏天　世界攒了一年的热

秋天　世界有这么多的果

冬天　世界收缩于它的冷

四季　中国有这么多的鬼

2016 年 5 月 7 日

随便

春天是一个随便的时候
漫山遍野
我叫不出名字的花
一边笑一边开
樱花也好，夭桃秾李也好
就是梅花也好
随便给自己一个名字吧
纵情地开吧
时间的急痫交给时间去救治
唯有在春天
我们的生活和希望，是一致的
可以漫无目的地疯狂

2016 年 3 月 16 日

有病

这个春天我竟然没有死，

得去坡上瞧瞧桃花，

清风是一首表面轻浮的诗，

他碰了碰桃花，

把春天撞得叮当作响。

后来呢？……

我还是没有死。

2016 年 3 月 4 日

另一种状态

偌大的植物园，
一朵花也看不见，
这是冬天呢。

2016 年 2 月 13 日

我

洒家今天心情不好，
只好出去走走。

在书店里随手翻出一个我，
经冬不凋的花里又看见一个我……

我不喜欢排比句，
两个我就够了。

不希望在雾霾里再找到什么我，
太多的我，让别人受不了。

2016 年 1 月 16 日

风吹不动

大风吹进城市
顺便吹进我的房间

大风经历过远山近树
懂得万物的语言

他吹动柔软的芦苇
也吹动电视中的柏林天使

一本书被他掀翻在地
红笔划出的几个字哗哗作响：
“物体等于稳定性”

灵魂应该用来压住生命
还是应该随风舞蹈

我的房间里

这时忽然有一只老虎

大风有来有去，大风

吹动万物，也吹动他自己

2015 年 12 月 20 日

一颗准备狂奔的种子

他的出生是一次死亡
果实将他吐出肉体
一去杳然

风把血液吹来
复活树的记忆

命运静止我在暗的土壤
但阳光仍施与爱

生命因此要奔跑
体内有花千朵

某天必奔跑出枝干
摇撼粗鲁的春天

2015 年 12 月 17 日

国年路口速写

国年路的尽头是一座图书馆，
它看起来有些年头了，一点儿不像天堂，
它在岁月中曾漆成可笑的粉红色，
如今它还在那里，为国年路画上句点。

与它隔着国年路相望的，
是一尊钥匙雕塑，
大约想指向知识之门吧，
却抽象得像个问号。

这条路总是那么熙来攘往：
小摊贩理直气壮地占道经营，
出售他们琳琅满目的生活；
他们令人啼笑皆非地以鼠自况，
一声“黑猫”便四处星散。

为了限制他们，街沿筑起了围栏，
本不宽敞的小路更显逼仄。
未来的精英们穿梭其间，
路边小吃将是他们的美好回忆，
而几个罹患精神疾病的人，
也是此地常年的过客。

国年路就这样理直气壮地待在地球上。

2015 年 11 月 15 日

起得很早的路上

起得很早的路上
行道树还没走出夜的世界
忽然太阳就亮了起来
一厘米一厘米地铺展开
想起昨夜的雨和你说的话：
雨没那么容易停的。
一切问题都是时间的问题

2015 年 4 月 27 日

夏天要有夏天的样子

这个夏天仍然没有遭遇异人
平静得一如往常
然而这个夏天的冷，却深入骨髓
不免叫人心慌

夏天该有夏天的样子
酷热的夏天留上个三两天
刮起凉风飒飒飒飒的
这才是一种过瘾

2014 年 7 月 7 日

美

在你的一生当中
美马不停蹄地生长
当你的生命完成
饱满炫目的果实象征死亡。

2013 年 1 月 16 日

梅超风
——献给黄文慧

童年刮来

第一阵超现实的风

带来

如此迅疾的死亡

黑色

成为一种光

2012 年 11 年 7 日

酒

夜色给人心

添加顾盼之姿

酒浓了

魔鬼微醺而来

它仿佛有了人的心

它驱动风

它在叹息之余

撩起了

夜的

窗华

2011 年 12 月 21 日

秋

在秋日追慕青春

阳光已失去穿透的能力

多少叶　方丹即陨

何曾见　苹果与葡萄共生的树

跌碎的是谁的心

风知道。让它不知道吧

我的衣衫犹有阳光的味道

未死的自己木立风中

2011 年 9 月 25 日

诗

活在危险的地球，
诗
是外星人唯一的
密码。

但有些
晦涩到无解
原来
我们来自不同的星球。

2011 年 8 月 24 日

鬼

每夜

月亮冷的时候

她的蓝色化为露水

我们的心情

会和别的时候

有些不同

2008 年 4 月 28 日

去雪山修行

> 我不学而能的人性醒觉是紫金冠。
>
> 我无虑被人劫掠的秘藏只有紫金冠。
>
> ——昌耀

铿锵作响的命运钢刀

镂刻如梦如幻的紫金冠

这时候，彩虹有一点

便将它抛入过往的风中

我便也坠落在风中，我知道了

生命中如何有花、有树

有疯了的云朵

我幸福地舞蹈，与女儿唱歌

大雪覆盖下的森林

小小的兽有它不能归去的旧地

我乃雪山小小的影子

从我的心灵起程，到遥远的雪山

这无边无际的旷野

必定有天使的存在

必须不停地用雪，纷飞的雪

呼唤我相信有的天使

和她飞过后的虚空

我的身体没入雪地

紫金冠吐露诗歌般的光芒

引渡我作完一次生命的轮回

2006 年 11 月 8 日

背向死亡的奔跑

湛蓝，海水分明已将我灭顶
你在我之外轻轻地叹息

你可能独自忘了江湖和我
我却已来不及变成鱼

游荡沙漠的白衣部族
随身携带神秘的水源

又一轮梦境
沙漠的水中轮盘

虔敬阅读雅歌的少女
将纸币暗藏在袜底，凌波而去

水草慢慢生长，纸币早已无用
我们看见的飞行正在途中

追

游侠　捕捉月光
或为你做一盏灯

这些都怎么可能

如果突兀地
回到五百年前呢

能留下的只有眼泪
最没用的只有眼泪

夜游

夜游碰见夜游神

他告诉我如何
把多汁的情感压进黑夜

他是
多么小的一个神仙
黑夜一眨眼
他便消失无踪

2005 年 12 月 27 日

出息

小河弯　梅子
开春天的花
有新鲜的肌肤
呼吸

喜欢做一回云
在蓝天说故事
花的出息是开
要给人看见

怒放吧
没有回头的路
好走
落了
也是一种美丽

生日

时间是一把恨的刀，流的血
在尘世刻画受伤的风景

是啊，四野遍地的忧伤
我要在哪一方天地将你寻找

我们一起度过多少秋天
你是整个秋天的我的王

要多少落叶就有多少落叶
却忘了自己到来的季节寒风凛凛

我会为你点亮二十四支烛光的祈祷
对你说生日快乐　我还记得

我要天使驮来所有祝福

祝福之外，没话找话也是一种幸福

内心的飞沙走石逃出抽屉
躲在日历的反面

我喝酒
我用生命威胁你低头

我已把天平放在星辰以上的高度
一边是信件和照片　一边摆着失去速度的光阴

烛光在白雪歌中悲泣复欢鸣
说今晚有火焰　夜太多余

天昏地暗到来之前应该未雨绸缪

1998 年 3 月 21 日

焚

燃烧需从事物的根部开始
才能彻底摧毁它的肉体

木头一样朴素的你
和木头一样朴素的我

既然生在这个世上
难免需要一次这样的燃烧

就像谁若挽手成为林子
必遭雷火的殛击

那么好好地烧一回
从我们的体内抽出柴火

在最严寒的风中开始

烧毁这张时刻表，我们就是爷爷奶奶了

那时必将有一场雪，没心没肺
因为天地已到头了

落在我们焦枯的枝干上
让我们看清这灰烬，这是最好的安慰

这残留的一切
我们昏花的眼睛，我们所有的沧桑

1997 年 12 月 13 日

命运

你是赤裸的地狱，满贮一天堂的泪水

你是无人领导的部落

你是名叫魔鬼的天使

你是纯洁的放荡

你是我棺木之上燃烧的星光

1997 年 10 月 22 日

谈心

为死者所敲的钟声是静寂的
在钟声中歌声响起

好姑娘就是这样一首遥远的民歌
阴影中的线条在歌声的胸部展开

挽歌随后　慢慢
悼念每一个沉沦的理想

朋友的一只手已断，已断
敲钟的断手有古铜色的光芒

古铜的音色触及到灵魂的深处
那儿有一个女人在等待，一个好姑娘啊

灵魂的深处，一个好姑娘，一个婴儿

她空白的心灵正被白银的绳索捆绑

女婴的心灵不会受到惊吓
朴素的气节中一个声音在鼓励着：

“你是唯一可以让他死去的人
但他的死绝对与你无关

亘古的祈祷已沉沦在山峦之巅
生命会在死亡的另一端轮回。”

相信吗，古铜色的钟声中有你朴素的血肉
你会看到山峰下那辽阔的土地

多么善良的眼睛，透过烟煴的雾
在静寂之后

女儿诞生了

仿佛又睹见你红裙的红和生命的绿

1997 年 10 月 9 日

过去

今天你已别去，日子似一尊石像
无声的一堆重量

——周启生《长得很》

我眼睁睁地看着爱情变为一个坟墓
等着它的苦苦深埋

我再也不会了解你的思想
黑暗从何而来
泪水从何而来
当最后一块墓石安定
我的世界崩了，心碎了

最后的守护即使还在
以及她的骑士和白马
也早该被遗忘在

墓园的阴影里

他的肌肉逐渐僵硬

变成石头的样子

这时坟的影子好长，像我们的世界

像这个世界的过去

像它过去的故事

而石马孤独地驮走它的骑士

以及那个最后还在等待的人

1996 年 7 月 10 日

生

死神的号角如召唤的双手
将强大或弱小的生命托起
投入永恒的
或是旋将永逝的
死的深渊

1992 年

第五辑

最悲伤的星座

（爱情遗书）

当你老了

当你老了，已没有未来可以担忧
当那些不能入睡的夜，思绪往回忆里躲

多少颗流星划过你的良夜
最悲伤的星座是我

或许你也曾有过内心的奔跑
如草的滋长、如花的执着

而我的放逐如夜雪的燃烧
也燃烧我痛苦的磷火

但生命的糖和苦汁终于混合
我的记忆只压缩为你

这一生可算漫长，多少岁月

只不过几个雷电闪过

我一半的生命看过你春华秋实的美
一半在你灵魂的重影里永堕

2009 年 9 月 1 日

爱情遗书

多好啊

你青春的欢颜里

有我的存在

2006 年 9 月 25 日

相濡以沫：初恋十四行

星星站在没有冬天的眼睛里
要小心啊，这一封终于到来的信
两只血脉还没有流到一起
你在我的死去的怀乡病里慢慢苏醒

两只血脉静静地交流
像天荒地老处守在一起的两棵树
它们也知道这故事迟来了许久
早已不再伤心，努力搭造共顶的房屋

疲累的星星陪我们度过多少个最后一次
愿望树枝枯叶尽，却在记忆里拐了个漂亮的弯
好好的伴，大雪大雪悄无声息地落入尘寰

到猴年马月时的一个日子，又一个日子
我们都老了
你怪我只写下了十四行太少太少

1998 年 10 月 26 日

恐怖情人节

起来吧，好孩子，阳光已染亮你米黄色的窗帘
你看在你眼角边醒来的是谁

这么多年来，我竟相信了
说是我的肋骨造就了你

但我不过是你俎上的鱼肉罢了
看你握着刀在我的灵肉之间游刃有余

以我羞涩的生命　以我血花的舞蹈
饲你，滋养你

那时我或许还能有一些馨香
香气散尽，我什么都不剩了

我带着我的骷髅去拜访你的城堡

相信你不会害怕，相信你还认得我没了血肉的枯骨

以你羞涩的生命
以我血花的舞蹈

我在你的身边轻轻耳语
我在你的城堡燃烧青色火焰

请庄重地埋下我的枯骨
最好在你的城堡，甚至窗前

请用你最喜欢的花朵
打扮我白雪纷纷的墓地

含苞、开放，让米黄色的情感慢慢生长
在这世上，我不会再有更好的礼物

最后，什么也不要做或者再随便说说话吧，我们
以我们羞涩的生命，以我们血花的舞蹈

我寒冷的磷火扑腾着翅膀
在你手种的风铃草上站立，向你传说着爱情

不要害怕，不要害怕
我的执着，让你毛骨悚然地想念

1997 年 12 月 22 日

月光栅栏

今晚的月亮大得吓人
月亮啊，我已多年没有见过你在家的样子了
我要借用你纯洁的身体和思想
替我照一照我那失去爱情的兄弟吧
但不要触痛他小而玻璃的忧伤

他一直都活在秋里
最难逃的就是今晚
他的伤心和爱情是他的整个季节
你一圆，他的忧伤就落叶了

月亮，你不要这样一句话不说
不要只顾自己圆满而明亮
月光栅栏，全面地打开囚笼

我早说过他是个爱过一次就死的人

相信了爱情就是战争的浅薄比喻
后来在一次不成功的战役中自戕了自己的心脏
再好的药品也不会使它复活

风凉、月静，睡不了的夜
月光正从事着埋葬的工作
而他的心正在进行着月食

月光栅栏，那是怎样的一条羊肠小路啊
被她牢牢地握在月亮黑暗的手心
你却下定决心要走完它

我多想再为你买一个月亮啊
让天狗守在它的四周
咬掉所有木的、铁的、残忍的栅栏
看谁还能把自己埋进棺材

这将成为你新的土壤

月光栅栏，你一定要发青翠的芽啊

不要再用有毒的光线灼他灭了灯的心脏

1997 年中秋，适逢月食

你是我的玫瑰

1

你是我的玫瑰　在我生命的各处开放
我总要走很远的路去看你　只因我忘不了你的香
明明是你，每次都开得那么认真
却偏只对我吝惜你的好心肠

整个夜晚都是玫瑰的，看着你开放我就会感到幸福
整个世界都是玫瑰的，我想用爱情拆开你的芯

2

后来我说要和你成亲
那个长翅膀的小孩也搭起了弓箭
你逃了　只把我留在靶心

你如果不伤心　为什么开那么寂寞的花

像一个贫穷的新娘子　痴痴地想着质朴的爱人

3

只怪我掉以轻心　不能给你幸福

惹你在本该盛开的季节凋零

就罚我做卑微的泥土　将你的家园紧紧包围

让我贴在地上听你生长的声音

4

你不声不响　还不肯饶恕我吗？让我带你去天堂

当我手里拿满了玫瑰　在天使的房间里歇脚

你开始同意再一次开放　为我　开得那么热闹

5

你不知道此地不可久留　开心地在我手里生长

你看你不小心烫伤了天各一方的星星

他们落在地上变成了爱情

他们怎么能有地久天长

6

又有了你和我的相见　我以为这一次可以成为永远

那个长翅膀的小孩又搭起了弓箭

你又逃了（这次我感到意外，等到清醒时）

我已被钉死在靶心

……

7

你是我的玫瑰　在我生命的各处开放吧

在我胸口溅出的血花中开放吧

天使在我身边徜徉，轻哭　接过玫瑰

玫瑰在它们手里继续生长

金色翅膀已无奈地飞走

8

死去并不比失去更疼　更残忍

唯一的担心还是你

在我心里长了这么久

血液已流进你的根茎

以后没有了我宠你　而我的血液那么脆弱

你还能禁得起大风大雨吗

9

姐　你已在别处开放了

姐　临走时

别把刺留在我的心上

1997 年 8 月 7 日

故乡

我那么老实地跟随着你

其实我只是一把青草啊
我能跑到哪里去呢

我只能待在自己的土地上
望着风的方向流浪

就那么一点点土地啊
我要用她映照着天空和自己的灵魂

每个清晨，当露水洗亮我的心事
我就把手伸向我够不着的天空
向他敬礼，开始我一天飞翔的梦

我悠闲地过着，偶尔也有忧伤

比如那一次，我若无其事地
献出了自己的芯
让死在身边的昆虫草草落葬
而惆怅只能告诉偶尔过访的一瓣野花

但你还不带我走吗
滴答的时钟都快走到头了
指针在春雨秋露中融化
你想我能独自泅渡到时间的另一边吗？

那么请尽量赶在冬天之前
开始你的营救吧

不然这寒冷的魔鬼，我不共戴天的仇敌
总会为它暂时的胜利打着呼哨
总会带着刀片般的冰雪
将我辛苦的一生刮个干净

1997 年 6 月

小姐姐

挽手曾经风伴雨

回眸已是云与烟

来生若有缘可续

苦雨孤灯伴君眠

清晨的薄雾朦朦淡淡

淡淡忧伤的我

仿佛仍在絮述着那个梦中的故事：

就在那个黎明前的一瞬

我灯火般的心

仿佛又忽然沉入了暗夜

那暗夜寂静而忧伤

找不到一点你的消息

而灯火也忽明忽灭，照不了我整夜前行

等到梦醒，重回到黎明
我终于穿过了你的绿色城堡，你的黑发
最后停留在你那天使般的小河旁

我沉默不语学习野草的态度端坐河边
随手将我灯火般的心扔入水中
开始垂钓，水底仿佛有冰

浅浅的细流漫过水底的冰
小小小小的天使逆着水流而来
啄走我忧伤的心，像灯火一样孤独

此时的风景仿佛苦涩而又多情
而那颗天使般的心，也天使般地破碎了
于是我想说：爱吧，小姐姐
在宛若清晨的季节里别再孤独

1994 年 7 月 29 日

体验或名过冬

第一片病叶在秋风里飘落
是你离去的哭泣，揉碎了我的心

我想我不知道该怎样爱你

等吧，我对自己说
我在灵魂的忘川旁独自引燃篝火
等你来　等你来与我喝完这最后一杯酒

一位老人从我面前缓缓走过，牵着白马和沧桑
他们一定已走了很久，为了找寻一片自己的土地
一片坚实，然而衰老
他们走进坟墓，埋下青春、活力与爱情

你始终不来，来的只有黑夜
黑夜一片死静

黑夜轻而易举地掠走了我的心
冷啊，我本来想让你取走它
你的手掌会让它温暖
然而黑夜吞噬一切
有如坟墓张开双臂，埋下青春、活力与爱情

冬天，最刺骨的火焰和寒冷
你不来，我只有无心地熄灭篝火
其实我很想用一点火烧毁整个纸做的黑暗
但不要留下任何灰烬和燃烧时的光
灰烬的内部埋着老人和白马
他们使黑暗更加黑暗

今晚的你一定会看到一颗流星划过
但你不会在意它来自何方，跌向哪里
你继续过你的秋天

而我的灵魂却在漆黑里夜着死亡

寒冷，最刺骨的灰烬和冬天
我不想冷一个冬天，我要在这个冬天死去
我只能是你灵魂的偷渡者
永远也涉不过你的边界

黑夜的手轻抚死亡和我的灵魂
死气鬼气寂寞的悲哀再一次经过我
其实只要有一点光，我轻唤着你的名字
就可以度过这个冬天
然而冷
然而心已不在

剩下的只有黑夜
黑夜一无所有

1993 年

序幕

寂寞的夜已降临
没有星星的夜晚
把孤独的爱捎给遥远的明月
寄一丝愁绪

无风的夜晚
在狂欢的筵席散后
显出微凉
把寂寞抛给孤独的背影
（我的背影
抑或还有她的）

明月更冷
更加凄清
唯一的星星
高高悬挂于空阔的天宇

如她温柔的脸颜

是我唯一的爱

时间渐近

明月渐冷

心渐死

太过空阔的天宇，更加寂寞

而空气逐渐凝成

点点梅花

1993 年 5 月 7 日

第六辑

去年人在马伦巴

浣溪沙·永夜

昨夜星辰浥露亡，
葬眠天幕哪一方？
独留寒兔度更长。

袖落婵娟拂冰泪，
月开梨蕊绣青霜。
风尘桂子破云墙。

贺新郎

又落伤心地。恨平生、飘零酸楚，病中折翼，纵使心存高飞志，无力擎天再起。君若笋、拔节而起，沥雨淅风之气魄。恨难追，笑我空余泣。心又裂，谁堪比。

心如未死终不弃。纵蹉跎，生生死死，此心不易。小小翠禽托心愿，萧瑟枝头站立。待雪夜，冰天寒地，苦守一生竹爆蕊。渐温馨，一片融融意。天也替，人欢喜。

捣练子

青草池塘、春雨紫燕

独不见去年梅花

鳞跃水，

叶生烟，

紫燕闲情穿雨帘。

离恨年年催草绿，

伤心处处落梅天。

捣练子

即使我是一只南飞的鸟

所伴的必是你北方的一片叶

秋露起，

送秋寒，

秋雨秋风秋叶残。

身愿化为相恋鸟，

衔得一叶返江南。

虞美人

风歙茂叶春花好，结果离春老。自甘寞寞度华年，未敢辛劳沧海没桑田。

相逢落落依秋水，忍看同心毁。凭空招引杜鹃魂，照顾断枝凄雨过黄昏。

调笑令

房子盖在水上，就只好一生漂泊了。

——许常德

江岸，江岸，

愁水鲸波泛滥。

岂有一苇可航，

南浦别君断肠，

肠断，肠断，

漂泊一生谁伴？

一七令

结。

难剪，层叠。

除非是，见时节。

同心固恋，两地吁嗟。

几番残月改，今又手相携。

频送万千个手，再飞款款蝴蝶。

自是前生旧俦侣，何必婵媛泣小别。

苍梧谣

梅，冰雪衣装冷月辉。眠寒影，铁骨自葳蕤。

浣溪沙·寄朱翊晖

何处天涯何处家，

何人殷切种情花，

灵风梦雨漫听蛙。

脱尽尘衣你是你，

无涯一梦花非花。

去年人在马伦巴。

第七辑

满布星光的夜之面孔

（译诗辑）

济慈

长恨此身

长恨此身非我有
等不到彩笔题尽断肠句
等不到厚重的书籍由文字写就
像丰实的仓廪贮藏成熟的米谷

当我仰望满布星光的夜之面孔
丰饶如云的幻象织就最浪漫之事
而我寻思，我没有足够的时日追踪
他们的投影，凭我偶然的魔法手指

短暂时光的尤物，当我感到
我将再不能将你端详，永远
再不能于幻想中拥抱
那尚未被回应的爱恋

孑立于大千世界之岸涯，我冥想
直到爱与声名没入永无之乡

豪斯曼

最可爱的树

樱桃，树中最可爱者
正当时，繁花伴着枝柯，
在林间道旁悠然独立，
为迎接复活节身着素衣。

在我的六十再加十年里，
有二十年已成为回忆。
从七十减去这二十年，
剩下就只有五十个春天。

想年年醉于满眼春花
五十个春天怕看不够她，
林间道上我与樱桃有约
去看看她一树花如雪。

叶芝

茵尼斯弗利湖心岛

就是那茵尼斯弗利岛，我正要动身前往，
到那盖座小茅屋，用树枝和泥巴；
还要种它扁豆九行，养它蜜蜂一箱，
我将住在林间，就一个人，只有蜜蜂说着话。

在那儿，我将享有慢慢滴落的宁静，
从晨雾直滴到蟋蟀吟唱之地；
午夜微弱的亮点，到正午变为紫光闪映，
而暮色中满眼都是红雀之翼。

我就要动身前往，因为日日夜夜
我都听得见湖水轻拍湖岸；
无论我在城里的哪条道路停歇，
我都听得见它在我的深心召唤。

当你老了

当你衰老灰颓，总睡意蒙胧
一烤火便打盹，请取下这本书，
慢慢地读，怀想那柔和的一幕
以及那浓重的晕影曾在你双瞳；

多少人爱你欢畅优雅的时刻，
爱慕你的美丽，或假或真；
只有一个人爱你朝圣者的灵魂，
爱那岁月变迁在你脸上痛苦的定格；

但爱情因何就渐行渐远，
炉火旁那人弓着背呢喃，带点悲伤
爱情远在头顶的群山间徜徉，
还在众星中藏起他的脸。

时光流逝中智慧的来临

枝叶再繁茂，也只一条根与大地相连
我摇晃着叶和花，在阳光灿烂的日子
宛如我青春的谎言；
现在，枯萎才是唯一的真实。

基尔默

树

我想我永远见不着一首诗，它的风采
能够抵得上一棵树的可爱

一棵树她饥渴的嘴啜饮甘泉
那涌流在大地胸膛的清甜；

一棵树整日整夜地凝望上帝，
举着臂膀祈祷，枝叶纷披；

一棵树在夏日将怒放她的发，
发丛中装点着知更鸟的家。

而雪花也曾落在她的怀抱，
雨水更常常与她亲密舞蹈。

作诗的都是我这等庸徒，
只有上帝能造一棵树。

哈特·克兰

传奇

如镜子所示人的沉默
现实楔入沉寂……

我未准备好忏悔
也没有相应的遗憾，因飞蛾
甘心扑向召唤它的静寂火焰
在坠落的白色碎屑中
唯有颤栗的吻——
配得上所有的恩许。

如此的零落与灼烧，
终将被人领会——
但只能是那个又一次耗尽自己的人

一而再，再而三……
（又见烟痕，

流血的精灵！）重复又重复。
直到光明之力完全取胜
万籁俱寂如一面镜子
你信吗？

然后，碱滴滴落，一个完美的叫喊
将调试出永恒的和弦，——
为所有那些，他们青春的传奇
正步入正午的人，雀跃不止。

外祖母的情书

此夜不见星辰
只能到记忆中寻找它
可在细雨的温柔环绕中
又有多少空间留给回忆。

而伊丽莎白，
我母亲的母亲，她的书信
还能被清楚记起
它们被压在屋角
已有多年
纸张泛黄松脆，
一展读便要融化如雪。

步入如此庄严的境地
脚步一定要轻柔
信被悬在一根看不见的白发上

颤动着，如同桦树枝捕捉着风。

我问自己：
“你的手指能长如记忆
弹动只余回音的旧琴键吗：
那静默是否强烈得
足以将音乐带回它的本源
并再次带回给你
就像传给她？”

可我还会牵着外祖母，领她
穿过那许多她无从理解的事物，
我难免也迟疑不决，而雨仍在屋顶
发出温柔怜悯的笑声。

狄兰·托马斯

顺着绿色叶脉使花朵绽放的力

顺着绿色叶脉使花朵绽放的力，
也绽放我绿色的年华；那使树根枯死的
也是我的终结者。
我也无言以对萎蔫的玫瑰
我的青春也因同样的寒冬热病而佝偻。

那驱动水滴穿透岩石的力，
也驱动我红色的血液；那使浅浅溪水干涸的
也封印我的生命
对于我的静脉，我的口也无从诉说
那同样的口唇如何在山间啜饮流泉

那搅动池水的手
也激荡流沙；那搏击着劲风的
也拖曳我的死亡船帆。
我也无言安慰那被绞死者

我的躯壳如何化为绞架上的白垩
时间之唇如蚂蟥吸干水源；
爱情花败花开，而遗落的心血
必会平息她的伤痛。
我也无言相告一阵自然而来的风
时光已环绕群星怎样勾画了一个天堂

我也不必相告爱人的墓穴
我的锦衾也有同样的蠕虫在奔走